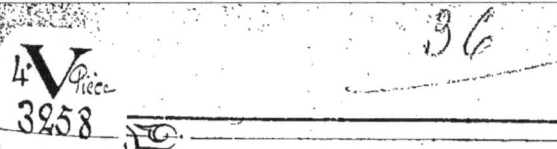

(Conserve la Couverture)

RAPPORT DU DÉLÉGUÉ

DES

OUVRIERS EN INSTRUMENTS DE MUSIQUE

(CUIVRE)

De la Ville de Lyon

A l'Exposition Universelle de Paris

EN 1889

LYON

ASSOCIATION TYPOGRAPHIQUE

Rue de la Barre, 12. — F. PLAN, directeur.

1890

RAPPORT DU DÉLÉGUÉ

DES

OUVRIERS EN INSTRUMENTS DE MUSIQUE

(CUIVRE)

DE LA VILLE DE LYON

A l'Exposition Universelle de Paris, 1889.

CITOYENS ET CHERS COLLÈGUES,

Je dois d'abord vous remercier de l'honneur que vous m'avez fait en me nommant votre délégué à l'Exposition internationale de Paris. Cet honneur revenait certainement à d'autres plus anciens et plus autorisés que moi. Néanmoins, puisque votre libre choix m'avait élu, j'ai fait tous mes efforts pour me rendre digne de la mission que vous m'aviez confiée. J'en profiterai pour remercier nos amis du Syndicat de Paris de la réception amicale qu'ils m'ont faite et des sentiments fraternels qui les animent envers leurs frères de Lyon.

Mon mandat était : « *L'Étude de l'Exposition d'économie sociale, et* « *particulièrement les maisons faisant participer les ouvriers. dans* « *leurs bénéfices.* » A la vérité, je n'ai pu étudier que cette dernière question. Ai-je réussi? A vous d'en être juges; pourtant, chers Collègues, si quelques erreurs se glissent dans ce rapport, vous les excuserez, et vous voudrez bien les attribuer au manque d'instruction, général chez les travailleurs.

CITOYENS,

Je renoncerais à la tâche qui m'incombe, si je pensais que vous eussiez désiré un rapport complet sur les merveilles de l'Exposition. Il faudrait beaucoup plus de temps et un talent d'écrivain pour faire ressortir, même à peu près, cette incomparable manifestation du travail. Il y a bien eu des expositions en France et à l'étranger ; mais a-t-on vu pareil spectacle comparable à celui qui fait courir tout l'univers à Paris.

Le visiteur, en se plaçant sur la cascade du Trocadéro, voit devant lui un spectacle qui n'a pas son pareil : la Seine, à droite et à gauche, toute remplie de constructions marines ; le pont d'Iéna, pavoisé et recouvert d'un immense velours rouge et blanc, les promeneurs se trouvent ainsi garantis des rigueurs du soleil, et de là peuvent contempler le vaste panorama qu'ils ont sous les yeux. Le pont traversé, on est devant ce chef-d'œuvre, ce triomphe du calcul de l'ingénieur uni à l'action ouvrière, la tour Eiffel ; je ne peux pas mieux la comparer qu'à une dentelle finement découpée de 300 mètres de hauteur. Cette tour est si légère d'aspect, qu'on ne s'imagine pas qu'elle pèse plus de 5 millions de kilogrammes. On passe sous ses immenses arceaux, et il semble tout naturel qu'elle soit placée en tête des merveilles qu'elle domine sans en diminuer la valeur. A droite et à gauche, le palais des beaux-arts et celui des arts libéraux. Au centre et dans l'axe du Champ de Mars, le dôme central, haut d'environ 75 mètres ; cette entrée est un véritable chef-d'œuvre. On est attiré, on a hâte de contempler l'intérieur dont l'aspect est féerique et arrache au visiteur et malgré lui une exclamation de surprise. Cette voûte immense est ornée comme un bijou, éclairée par des vitraux, qui eux-mêmes sont des chefs-d'œuvre. Ses murs sont recouverts de tapisseries des Gobelins, brillantes comme des tableaux de peinture. Malgré soi, on tombe en extase ; l'homme le plus froid est ému. On a besoin de repos pour contempler à l'aise le spectacle que l'on a sous les yeux ; on réfléchit comment des combinaisons de la matière inerte par elle-même peuvent pareillement élever l'âme ; on regrette de ne pouvoir apprécier savamment des œuvres de tant de talent.

Je traverse ensuite l'immense hall qui contient les industries diverses; je ne sais vraiment à quoi m'arrêter, on a tant à voir et si peu de temps à dépenser, que l'on se sent paralysé dans sa joie de contempler d'aussi belles choses; cependant, je ne puis aller plus loin sans m'occuper de celles qui sont le plus près de moi. C'est maintenant la galerie, le palais des machines; ici la matière remue, tourne et s'agite. Cette immensité de 429 mètres de longueur, 115 de largeur et 50 mètres de hauteur, est une source de surprises étonnantes, qui font rêver à la profondeur du génie humain! Pas un pilier ou colonne ne soutient le toit de ce bel et majestueux édifice. Vient ensuite l'électricité et les incroyables instruments auxquels elle donne la vie, tels que télégraphes, téléphones et le merveilleux phonographe d'Edison, ainsi que cent autres machines que je m'évertue en vain à comprendre, mais dont l'utilité est démontrée par leurs produits.

Il est impossible de tout voir à l'Exposition, si grande soit la patience d'un homme et quel que soit le temps qu'il ait ; c'est précisément ce dernier qui me manquait. Je laisserai donc l'exposition des invalides, l'exposition agricole, maritime, forestière, horticole, artistique, etc., etc., ainsi que l'exposition de 1879, qui renferme de nombreuses curiosités.

Je laisse à regret toutes ces merveilles pour me rendre à l'exposition d'économie sociale.

Cette exposition mesure 1,500 mètres de surface avec plus de trois mille exposants. Le but que se sont proposé les organisateurs de cette exposition, c'est sans doute celui de montrer les institutions qui soi-disant protègent le travailleur. Pour cela faire, ils ont fait élever un groupe de constructions où ont été réunies les institutions philanthropiques. D'abord, un cercle d'ouvriers décoré d'emblèmes. Là, des conférences sont faites sur des sujets d'économie sociale. Les sociétés chorales et instrumentales y donnent des concerts. A droite de cette salle, je remarque une immense contrebasse de 2 m. 60 cent. de haut ; cette contrebasse représente, pour notre corporation lyonnaise, environ la perce 18 ; elle provient des ateliers de la maison Besson.

Autour du pavillon central qu'occupe le cercle d'ouvriers, s'élèvent des maisons ouvrières de divers types, représentant le modèle des maisons données par divers industriels à leurs ouvriers, tels que M. Menier, chocolatier, et les mines d'Anzin ; elles se composent d'un rez-de-chaussée et d'un premier étage, divisés selon le nombre des membres de la famille. Toutes ces maisons ont un jardin sur le devant.

Après, vient un restaurant populaire, dans le genre des fourneaux économiques lyonnais. Pour mieux m'en rendre compte, j'y ai pris un repas composé de la manière suivante : pain, saucisse, pois, fromage et café, pour la somme de 0 fr. 60 c. ; on ne vend pas de vin, une sorte de coco le remplace.

Ensuite le pavillon Leclaire, du nom du peintre qui le premier a donné la participation à ses ouvriers.

Tout à côté, un pavillon où toutes les maisons donnant la participation ont organisé une exposition collective.

J'ai étudié avec soin les divers modes de participation ; là est mon mandat.

PARTICIPATION

Je commencerai donc par la maison Leclaire, aujourd'hui maison Redouly et Cie, rue Saint-Georges, 11, à Paris, entreprises de peinture, dorure, tenture, décorations, etc. ; cette maison fut fondée en 1826. En 1829, ce patron osa entreprendre de grands travaux en donnant à ses ouvriers 5 fr. par jour au lieu de 4 fr. que ses collègues payaient aux leurs ; il réussit, et arrivé au but, pensa à ses collaborateurs moins heureux. Affligé de voir ses ouvriers souffrir et mourir de maladies saturnines (colliques de plomb), il fonda pour eux une société de secours mutuels en 1838. Bientôt, de soulager ne lui suffit plus, il supprime l'emploi dangereux de la céruse, qu'il remplace par le blanc de zinc, substance inoffensive. Il reçoit à cette époque une médaille d'or de la Société d'encouragement à l'industrie nationale. En 1849, il reçoit de l'Institut le prix Monthion et la croix de la Légion d'honneur. Mais l'idée de Leclaire, c'est la participation des ouvriers aux bénéfices de sa maison. C'est en 1842 qu'il a adopté et mis en pratique ce principe ; après de nombreuses difficultés, le succès vint couronner ses efforts persévérants. Désirant prouver que ce succès ne dépendait pas de sa présence et que sa maison pouvait marcher et prospérer sans lui, laissa, en 1865, la direction à son associé, Alfred Defourneau ; il intervint pourtant en 1869, pour appliquer d'une manière plus complète le système de participation.

Leclaire qui, par les institutions créées dans sa maison, voulait assurer à ses ouvriers le bien-être dans le présent et pour l'avenir la sécurité, faisait constamment appel à leur initiative personnelle, à leur intelligence et à leur énergie.

Il leur adressait, en 1869, ces paroles, qu'on lit dans le pavillon de l'Exposition : « Si vous voulez que je parte de ce monde content, il « faut que vous ayez réalisé le rêve de ma vie : il faut qu'après une con- « duite régulière et un travail assidu, qu'un ouvrier et sa femme puis- « sent, dans leur vieillesse, avoir de quoi vivre tranquilles, sans être à « charge de personne. »

Voici maintenant, Citoyens, quelle est la participation de la maison Leclaire :

Chaque année, il est fait aux intéressés la répartition suivante : 25 % à la gérance, 25 % à la Société de secours mutuels et de retraites et 50 % en espèces à tous les ouvriers, au prorata de leurs salaires. Les ouvriers ayant cinquante ans d'âge et vingt ans de présence à la maison ont droit à une pension de retraite; cette retraite est de 1,200 fr. par année. A la mort d'un pensionné, sa veuve ou à défaut ses enfants touchent la moitié de la pension jusqu'à leur majorité. En cas de maladie, l'ouvrier touche 3 fr. 50 c. par jour, médecin et remèdes payés, et cela pendant six mois; passé ce délai, le malade est porté à la retraite. Dans le cas où sa santé se rétablit, il reprend son travail et la pension lui est retirée. En cas de décès, les funérailles sont aux frais de la Société, et la veuve ou les enfants mineurs, ou père, mère ou aïeuls, touchent la somme de 1,000 fr.

Parlons maintenant du familistère de Guise. Au pavillon de la participation, on voit en relief les usines du familistère, le palais social, théâtre, école, les magasins d'approvisionnements, jardins et rivière, et le tombeau de Godin, créateur du familistère.

Cette maison donnait la participation en 1877. La répartition des bénéfices a lieu chaque année en donnant 50 °/₀ au capital et 50 °/₀ au travail proportionnellement au salaire, comme chez Leclaire.

Suit le tableau synoptique des établissements français et étrangers qui donnent la participation aux bénéfices.

1° *Compagnie du chemin de fer d'Orléans*. A donné la participation en 1844 de 15 °/₀, après déduction des vingt premiers millions de bénéfices attribués à la constitution de retraites. Produit total depuis l'origine : 69,567,000 fr.

2° *Laroche-Joubert et Cie*, papeterie coopérative d'Angoulême. A donné la participation en 1843. Dans cette maison, la participation est distincte par atelier, de 5 à 35 °/₀, suivant les fonctions. Remise de la totalité en espèces, avec faculté pour les ouvriers de devenir commanditaires par dépôts volontaires. Produit depuis 1869 : 1,832,000 fr.

3° *Deberny et Cie*, fondeurs de caractères, à Paris. La répartition proportionnelle au salaire, versée dans une caisse commune, pour pensions viagères, prêts et secours. Produit depuis l'origine, 1848 : 238,000 fr.

4° *Paul Dupont*, imprimeur à Paris, donne la répartition de 10 °/₀ qui constitue une pension viagère.

5° *Compagnie d'assurances générales de Paris*, donne 5 °/₀ attribués à la capitalisation sur livrets individuels. Produit total depuis l'origine, 1850 : 7,015,000 fr.

6° *L'Union*, compagnie d'assurances, incendie et vie, à Paris, donne 5 °/₀, attribués 4 °/₀ en espèces et 1 °/₀ pour retraites et assurances. Produit total depuis l'origine, 1854 : 1,880,000 fr.

7° *La Nationale*, compagnie d'assurance, Paris, donne 2 °/₀ attribués en totalité en espèces depuis 1855.

8° *La France*, compagnie d'assurances, Paris, donne 4 % attribués à la capitalisation sur livrets individuels depuis 1858.

9° *Bord*, fabricant de pianos, à Paris, donne la répartition proportionnelle aux intérêts du capital et au salaire, remise de la totalité en espèces. Produit total depuis l'origine, 1865 : 1,279,000 fr.

10° *Compagnie du canal de Suez*, donne 2 % pour constitution de retraite depuis 1865.

11° *Dorgé et fils*, tanneries de la Providence, à Coulommiers, donne la répartition proportionnelle au salaire et au chiffre de dépôt, remise de la totalité en espèces, avec faculté pour les ouvriers de devenir actionnaires par dépôts volontaire. — 1867.

12° *Lenoir*, peintre en bâtiments, à Paris, donne 25 %, remise de la totalité en espèces. Produit total, jusqu'en 1883, depuis 1870 : 72,000 fr.

13° *Rolland Gosselin*, agent de change, à Paris, participation indéterminée. Capitalisation sur livrets individuels depuis 1871.

14° *Verne et C*, banquiers, à Paris. Participation indéterminée. Capitalisation sur livrets individuels depuis 1871.

15° *Abadie et C*, fabricants de papiers, à Teil (Orne), donne la participation indéterminée. Remise de la totalité en espèces depuis 1872.

16° *Barbas, Tassart et Balas*, couverture et plomberie de Paris, donne 5 %, moitié comptant, moitié capitalisé sur livrets industriels. Produit total depuis l'origine, 1872 : 86,000 fr.

17° *Chaix*, imprimeur-éditeur, à Paris, donne 15 %, un tiers comptant, deux tiers capitalisés sur livrets individuels. Produit depuis l'origine, 1872 : 765,000 fr.

18° *Gasté*, imprimeur-lithographe, à Paris, donne 33 %. Capitalisation sur livrets individuels depuis 1872.

19° *Godchaux et C*, imprimeurs-éditeurs, à Paris, donne 5 %, moitié comptant, moitié pour constitution de pension viagère. Produit total depuis l'origine, 1872 : 170,000 fr.

20° *Hannappier*, négociant en vins, à Bordeaux. Participation indéterminée. Capitalisation sur livrets individuels.— 1872.

21° *L'Aigle*, compagnie d'assurances, à Paris, donne 3 %. Capitalisation sur livrets individuels.

22° *Le Soleil*, compagnie d'assurances, à Paris, donne 3 %. Capitalisation sur livrets individuels. Produit total depuis l'origine, 1872, pour les deux compagnies : 840,000 fr.

23° *Compagnie du touage de la Haute-Seine à Paris*. Participation indéterminée. Capitalisation sur livrets individuels. Produit total depuis 1872 : 90,000 fr.

24° *Fourdinois*, fabricant d'ameublements, à Paris. Attribution à la main-d'œuvre d'un intérêt égal à la moitié du dividende. Capitalisation sur livrets individuels depuis 1873.

25° *Mame et fils*, imprimeurs-éditeurs, à Tours, donne 3 fr. pour mille sur les ventes, un tiers comptant, deux tiers capitalisés sur livrets individuels depuis 1874.

26° *Masson*, éditeur, à Paris, donne 3 fr. pour mille sur les ventes, 1/3 comptant, deux tiers capitalisés sur livrets individuels depuis 1874.

27° *Filature d'Oissel* (Seine-Inférieure). Participation indéterminée, un tiers comptant, deux tiers capitalisés sur livrets individuels. Produit total depuis l'origine, 1875 : 132,000 fr.

28° *L'Urbaine*, compagnie d'assurances, à Paris. Participation indéterminée. Capitalisation sur livrets individuels. — 1875.

29° *Boussicault et Cie* (magasins du Bon Marché), à Paris. Participation indéterminée. Capitalisation sur livrets individuels 1876.

30° *L'Abeille*, compagnie d'assurances, à Paris. Participation indéterminée. Capitalisation sur livrets individuels. — 1876.

31° *Besselièvre*, fabricant d'indiennes, à Maromme (Seine-Inférieure). Participation indéterminée, moitié comptant, moitié capitalisation sur livrets individuels. — 1877.

32° *Buttner-Thierry*, imprimeur-lithographe, à Paris. Participation indéterminée, un tiers comptant, deux tiers capitalisés sur livrets individuels. Produit total depuis l'origine, 1879 : 16,000 fr.

33° *Caillard frères*, constructeurs-mécaniciens, au Havre. Participation indéterminée. Capitalisation sur livrets individuels. — 1880.

34° *Château-Monterose* (Domaine de), Médoc. Participation, 5 %. Capitalisation sur livrets individuels. — 1880.

35° *Société de comptes courants et dépôts*, à Paris, 2 % sur livrets individuels. — 1880.

36° *Gaiffe*, instruments de précision et nickelure, à Paris, donne 25 % à la fabrication d'instruments et 35 % à l'usine de nickelure. Remise de la totalité en espèces. — 1880.

37° *Caillette*, entrepreneur de maçonnerie, à Paris. Participation : 15 %, remise de la totalité en espèces. — 1881.

38° *Lefranc et Cie*, fabricants d'encres d'imprimerie, à Paris. Participation indéterminée. Capitalisation sur livrets individuels. — 1881.

39° *Piat*, fondeur-mécanicien, à Paris. Participation indéterminée, moitié comptant, moitié capitalisation sur livrets individuels. Produit total depuis l'origine : 57,000 fr. — 1881.

40° *Compagnie Five-Lille*. Participation indéterminée. Capitalisation sur livrets individuels. — 1883.

41° *Moutier*, serrurier, à Saint-Germain-en-Laye, donne 25 % à la caisse des retraites, jusqu'à concurrence de 100 fr. ou de la moitié des parts, lorsque celles-ci sont supérieures à 200 fr. — 1882.

42° *Usines de Mazières*, société anonyme. Participation indéterminée. Capitalisation sur livrets individuels. Produit total depuis l'origine : 300,000 fr. — 1883.

43° *Gounouilhou*, imprimeur, à Bordeaux, 15 %, un tiers comptant, deux tiers capitalisés sur livrets individuels. — 1884.

44° *Bourdon et Cie*, Société industrielle de la Corrèze, à Paris. Participation, 25 %, un cinquième versé dans une caisse de participation aux pertes, deux cinquièmes comptant, deux cinquièmes capitalisés sur livrets individuels. — 1884.

45° *Lombard*, fabricant de chocolat, à Paris. Participation indéterminée, un cinquième comptant, deux cinquièmes à la retraite, deux cinquièmes pour acquisition de maisons ouvrières. A produit la première année, depuis 1885, la somme de 48,000 fr.

46° *Muller*, *Roux et Cie*, machines à vapeur Tangye, à Paris. Participation sur les ventes donnant 7 % de profit. Un septième des profits inférieurs à 7 %, un tiers en espèces, un tiers en compte au crédit du titulaire, un tiers versé pour le titulaire à la caisse des retraites. — 1885.

47° *Moret et Delalonde*, entrepreneurs de maçonnerie, à Paris. Participation : 10 %, moitié comptant, moitié à la caisse de retraites pour la vieillesse. — 1885.

48° *Stenheil, Dieterben et Cie*, filateurs de coton à Rothau (Alsace). Participation : 10 %, 4 % aux employés, 6 % aux ouvriers pour retraite et secours — 1847.

49° *Fabrique de produits chimiques de Thann* (Alsace). Participation : 10 %. Remise de la totalité en espèces, produit total depuis l'origine, 1872 : 180,500 fr.

50° *Schœffer, Lalance et Cie*, blanchiment, teinture, Pfastadt (Alsace). Participation indéterminée. Un tiers comptant, deux tiers capitalisés sur livrets individuels. Produit total depuis l'origine, 1874 : 178,500 fr.

51° *Morgenstern*, fabricant de feuilles d'étain, à Forchheim (Bavière).

Participation : 10 %, 45 % remis de suite, 45 % payés l'année suivante aux participants méritants et 10 % dans une caisse de secours. — 1866.

52° *Filature de Kaufbeuren* (Bavière). Participation indéterminée. Remise de la totalité en espèces. — 1871.

53° *Usine de Kaiserslautern* (Bavière). Participation au 10 % pour la constitution d'une caisse de pension et de secours. — 1873.

Les fonds de cette caisse s'élevaient, 1er octobre 1884, à 38,000 marks.

54° *Raulino et Cie*, manufacture de tabacs (Bavière). Participation indéterminée. Trois quarts en espèces, un quart en effets d'habillement. — 1875.

55° *Chemin de fer Louis de Hess*, (Société du) Hess Mayens. Participation 1 1/2 % en espèces. — 1866.

56° *De Thunen*, propriétaire foncier Thelow (Mecklembourg). 1/2 % à chaque participant, constitution de livrets d'épargne dont les titulaires ne peuvent toucher le montant qu'à l'âge de soixante ans. — 1847.

57° *Neumann*, propriétaire de Terrenoble Poseglick (Prusse). Participation : 8 %. Deux tiers comptant, un tiers capitalisé sur livrets individuels. — 1854.

58° *Fonderie d'Ilsede*, Gross Ilsede (Prusse). Participation proportionnée aux épargnes des ouvriers. Inscription sur livrets d'épargne à titre d'intérêt supplémentaire. — 1869.

59° *Chemin de fer de Berlin au Halt-Belin* (Prusse), participation indéterminée. Remise de la totalité en espèces. — 1870.

60° *Braum et Blœm*, capsules et cartouches de soldat (Prusse), participation dans les ventes, taux variant suivant les marchandises. Remise de la totalité en espèces. Produit total depuis l'origine, 1876 : 42,800 marks.

61° *Banque du Crédit foncier de Prusse*, à Berlin. Dividende attribué au traitement jusqu'à un maximum de 10 %. Capitalisation sur livrets individuels. — 1875.

62° *Bohm*, propriétaire foncier, à Brunn (Prusse). Exploitation en compte à demi. Remise de la totalité en espèces. — 1876.

63° *Limburger*, propriétaire foncier, à Pfalzhill (Prusse). Exploitation en compte à demi. Remise de la totalité en espèces. — 1876.

64° *Sewais*, propriétaire foncier, à Altenhoff (Prusse). Exploitation en compte à demi. Remise de la totalité en espèces. — 1876.

65° *Adler*, fabricant de cartonnages, à Bucholz (Saxe). Participation indéterminée. Constitution de livrets d'épargne dont les titulaires ne peuvent toucher le capital tant qu'ils sont en activité de service. — 1869.

66° *Fabrique de papiers de Thode*, Hainsberg (Saxe). Intérêt au personnel supérieur et prime de production aux ouvriers. Remise de la totalité en espèces. — 1869.

67° *Ferme coopérative d'Assington-Suffolk* (Angleterre). Participation à tous les bénéfices, après déduction des fermages. Remise en espèces. — 1850.

68° *Crossley and Sons*, fabrique de tapis, à Alifax (Angleterre). Participation proportionnelle au capital souscrit par les ouvriers. Remise de la totalité en espèces. — 1864.

69° *Carlton-Iron Company (lemited), Carlton-Houworks* (Angleterre). Participation 50 °/₀. Remise en espèces. — 1870.

70° *Cassell and C°*, imprimeurs-éditeurs, à Londres. Participation, 50 °/₀. Capitalisation sur livrets individuels. — 1878.

71° *Decorative cooperator Association*, à Londres. Participation, 55 °/₀, 30 °/₀ comptant et 25 °/₀ à la Société de secours mutuels. Fondée en 1883.

72° *Association agricole de Radbourne-Manor*, Warwick (Angleterre). Participation à la totalité des bénéfices, déduction faite des intérêts du capital, 27 1/2 °/₀ comptant, 27 1/2 °/₀ pour remboursement d'emprunt, 40 °/₀ à la réserve, 5 °/₀ pour dépenses extraordinaires. — 1883.

73° *Tangye and C°*, fabricants de machines (Angleterre), Cornwall-Works. Participation de dividende d'une action de 50 livres sterling à chaque participant. Remise du dividende en espèces. — 1884.

74° *Association agricole d'Ulfton-Hill-Warwick* (Angleterre). Participation à la totalité des bénéfices, déduction faite des intérêts du capital, 27 1/2 °/₀ comptant, 27 1/2 °/₀ pour remboursement d'emprunt, 40 °/₀ à la réserve, 5 °/₀ pour dépenses extraordinaires. — 1885.

75° *Fabrique de papiers de Schlœglmühl* (Autriche). Participation indéterminée. Remise de la totalité en espèces. — 1885.

76° *Compagnie d'assurances franco-hongroise*, à Budapest (Hongrie). Participation 4 °/₀, remise en espèces. — 1881.

77° *Schœller et fils*, filateurs à Schaffhouse (Suisse). Participation à 10 °/₀. Subvention à la caisse des maladies, allocation de pensions et de gratifications. — 1867.

78° *Chessex et Hœssey*, filateurs à Schaffhouse (Suisse). Participation déterminée, mais non rendue publique. — 1868.

79° *Baur et Nabholz*, entrepreneurs de constructions, à Seefeld (Suisse). Participation indéterminée. Titre d'épargne portant intérêts et dont le montant est à la disposition des titulaires. — 1868.

80° *Manufacture de poterie de Nyon* (Suisse). Participation à 30 °/₀ par 1,000 fr. de bénéfices pour chaque centaine de francs de salaire, remise en espèces. — 1869.

81° *Billion et Isaac*, fabricants de boîtes à musique, près Genève (Suisse). Participation à 50 °/₀, moitié en espèces, moitié consacrée à l'acquisition de titres de l'entreprise. Produit total depuis l'origine, 1870 : 266,000 fr.

82° *Schuchardt*, imprimeur, à Genève (Suisse). Participation indéterminée. Capitalisation sur livrets individuels. Produit total depuis l'origine, 1870 : 62,000 fr.

83° *Pteinfels*, fabricant de savons, à Zurich (Suisse). Participation indéterminée, remise en espèces.— 1871.

84° *Reishauer et Blantschli*, fabricants d'outils, à Zurich (Suisse).Participation indéterminée, versement des parts à la Caisse d'épargne de la ville. — 1872.

85° *Reymond*, fabricant de cuirs, à Morges (Suisse). Participation indéterminée, remise en espèces. — 1872.

86° *Tramways suisses* (Compagnie générale de Genève). Participation des conducteurs dans les recettes des voitures, remise en espèces. Produit total depuis l'origine, 1876 : 100,000 fr.

87° *Schœtte et Cᶦᵉ*, fabricants d'allumettes, à Fehraltorf (Suisse). Participation 50 °/₀, un tiers comptant, un tiers capitalisé, un tiers versé dans une caisse de secours et de retraites. -- 1878.

88° *Fabrique d'appareils électriques*, Neufchâtel (Suisse). Participation indéterminée.Remise de la totalité en espèces après un an de dépôt dans la caisse de l'établissement, avec intérêts à 5 °/₀. — 1878.

89° *Manufacture de laines, Rossi, Schio* (Italie). Participation 5 °/₀, subvention à des caisses de secours et de retraites, ainsi qu'à des établissements d'éducation, 1873. Produit total: 517,000 fr.

90° *LLoyd Belge*, compagnie d'assurances maritimes et incendie, à Anvers (Belgique). Participation 5 °/₀. Capitalisation sur livrets individuels. Produit total jusqu'en 1884, depuis 1872 : 39,000 fr.

91° *Van Marken*, fabrique néerlandaise d'alcool et levûre, à Delft (Hollande). Participation, 10 °/₀. Constitution de pensions viagères. — 1880.

92. *Stéarinerie de Gouda*, Société anonyme (Hollande). Participation, 10 °/₀. Capitalisation sur livrets individuels — 1883.

93° *Domaine de Dragsholm*, Seeland (Danemarck).Participation 50°/₀, deux tiers comptant, un tiers versé à la Caisse d'épargne. — 1873.

94° *Strœmann et Larson*, scierie mécanique à Gotembourg (Suède). Participation proportionnelle au capital souscrit par le personnel, remise en espèces. — 1873.

95° *Forges Aaadals*, Brug (Norwège). Participation, 50 °/₀, remise en espèces. — 1870.

96° *Protopopow*, fabrique de bougies, près Moscou (Russie). Participation indéterminée, remise en espèces. — 1862.

Ce qui fait avec les maisons Leclaire et Godin, 98 maisons qui donnent la participation aux bénéfices, et qui se répartissent ainsi :

Pour la France : 49. — Alsace : 3. — Bavière : 4. — Hesse : 1.— Mecklembourg : 1. — Prusse : 8. — Saxe : 2. — Angleterre : 8. — Autriche : 1. — Hongrie : 1. — Suisse : 12. — Italie : 1. — Belgique : 1. — Hollande : 2. — Danemark : 3. — Suède : 1.— Norwège : 1.— Russie : 1.

RAPPORT PROFESSIONNEL

Je ne parlerai ici que des instruments *dits à vents*, dont la création remonte à une époque très reculée. Au XVᵉ siècle, on voit paraître la grande trompette, le cor, ou plutôt la trompe de chasse, cintrée et arrondie comme de nos jours ; à cette époque, paraît également le trombone. Ce qui distingua le trombone des autres instruments de cette époque, c'est qu'il possède une coulisse qui lui permet de faire toutes les notes en allongeant ou en raccourcissant le tube dans lequel résonne la colonne d'air.

C'est au commencement du XIXᵉ siècle que les instruments de cuivre prennent leur place définitive. Les tubes fournissent naturellement un certain nombre de sons ; mais cela ne suffisant pas, on trouva des moyens artificiels pour en produire de nouveaux, en allongeant au moyen de coulisses, soit en changeant les harmoniques par des clefs, des cylindres et enfin des pistons. Je crois tenir de source certaine que les pistons furent inventés par Stoezel en 1813 ; à cette époque, le cornet se faisait avec deux pistons : il subit encore plusieurs transformations.

En 1829, parut en Italie le cornet Périnet, nom de son auteur, lequel eut un grand succès. Le bugle fut inventé par Astis dit Halary, en 1821. Les basses et contrebasses, par Moritz et Vieprecht, en 1835. Le trombone à pistons fut inventé par Labbaye en 1836. Enfin, Adolphe Saxe établit les saxhorns en 1843.

Pour la fabrication de ces divers instruments, les maisons qui tiennent à leur renommée se servent de cuivre jaune, dont l'alliage est composé de 33 % au moins de cuivre rouge premier titre, et de deux tiers de zinc de Silésie pur. Le cuivre, dans ces conditions, est très ouvrable et nullement cassant.

Depuis quelque temps, les auteurs emploient beaucoup, dans leurs orchestres, les basses et contrebasses en cuivre, notamment Ambroise Thomas dans *Hamlet*, Gounod dans *Gallia* et *Cinq-Mars*, et Massenet dans le *Roi de Lahore*.

En résumé, les transformations subies jusqu'à ce jour ont fait aboutir la fabrication d'instruments de musique au dernier degré du progrès. Il ne reste plus qu'à conserver la réputation acquise par chacun, en s'appliquant au bien fini de l'instrument, et surtout les instruments à pistons, dont les facteurs français ont seuls fait la conquête. Non seulement les facteurs de France ont su conquérir la réputation pour leurs instruments à pistons, mais je puis encore affirmer qu'aucun facteur étranger n'a osé affronter le parallèle, en n'exposant aucun des leurs, dont la vue seule offusque. J'en ai vu dans le commerce ; il faudrait être myope ou aveugle pour ne pas s'apercevoir de leur infériorité, et il faudrait un soufflet de forge dans l'estomac pour pouvoir en jouer. On voit, d'ailleurs, à la couleur du cuivre, qu'il est de qualité inférieure.

Ce qui prouve le plus l'extension de la fabrication d'instruments de musique en France, c'est que depuis 1843, époque où cent ouvriers suffisaient, le nombre en est aujourd'hui de près de huit cents.

Chaque maison a acquis une réputation pour un ou plusieurs types d'instruments. Ainsi, à Lyon, la maison COUTURIER, PÉLISSON frères successeurs, qui peut compter pour la plus importante et où deux cents ouvriers sont continuellement occupés à la fabrication exclusive des instruments de cuivre, a acquis, dis-je, une réputation incontestée pour ses basses, dites amateurs et basses ministérielles (usitées dans les régiments), ses trombones et pour son choix de cornets d'artiste. Elle fabrique une grande quantité de contrebasses rondes, dites hélicons. Cet instrument est très renommé depuis que cette maison a inventé un système de branche d'embouchure mobile, au moyen de laquelle toute personne peut en jouer, son port étant rendu très facile.

La maison Cousin, de Lyon, occupant environ quinze ouvriers, fabrique également l'instrument de cuivre.

A Paris, la maison Besson occupe environ quatre-vingts ouvriers; elle est très renommée pour ses cornets à pistons. D'ailleurs, toute sa fabrication est excellente, elle ne lutte que pour la bonne qualité et le fini de ses instruments. Le travail est fait à la journée, elle donne en outre une prime à ses ouvriers qui est d'environ 200 fr. par année.

La maison Courtois, Mille successeur, de Paris, n'ayant pas un grand emplacement, occupe peu d'ouvriers. Elle a une très bonne renommée et particulièrement pour son cornet, dit Courtois, lequel est très connu des facteurs. Les ouvriers de cette maison travaillent à la journée.

La maison Millereau, de Paris, occupe de quarante-cinq à cinquante ouvriers, elle a une très bonne renommée. Depuis peu de temps seulement, elle fabrique ses jeux de pistons. Le travail s'y fait à la journée.

Association de Paris. — Cette maison occupe un assez grand nombre d'ouvriers. Ne peuvent être associés que les ouvriers pouvant apporter une somme de 12,000 fr., ce qui me fait croire qu'ils recrutent leurs associés parmi les ouvriers riches. Ce genre d'association ne peut pas être appelé association ouvrière, puisqu'on retient 10 % aux ouvriers jusqu'à concurrence de 3,000 fr. pour être associés, ce qui est une dérision; car, à supposer qu'ils gagnent 200 fr. par mois, il faudrait douze ans pour devenir associés. Cette maison fait comme le sieur Couesnon, elle lutte pour le bon marché et non pour la qualité. C'est, à mon avis, un mauvais moyen.

La maison Lecomte, de Paris, a une grande renommée, mais voulant faire aussi du bon marché, elle perd peu à peu son importance. Ayant été décorée, elle a cru sans doute que cela suffirait pour attirer la vente. Le travail de cette maison se fait à la journée et aux pièces.

Maison Gouesnon-Gautrot, de Paris. — Cette maison est celle qui occupe le plus grand nombre d'ouvriers. Elle fait un tort considérable à notre industrie. Ayant deux fabriques, dont une en province et l'autre à Paris, elle fait des diminutions aux ouvriers de celle de Paris, les menaçant de faire faire le travail en province, et disant à ceux de la province qu'elle le fera faire à Paris. Mais il est arrivé ceci, que les ouvriers capables ont quitté la maison et les nouveaux, moins expérimentés, fournissent un travail moins bien achevé, par conséquent moins valable, et partant tout à fait inférieur. On ne peut dire si le travail est fait aux pièces ou à la journée; aujourd'hui, c'est comme ceci, demain c'est comme cela. En somme, elle lutte pour le bon marché, ne s'inquiétant pas si ses ouvriers peuvent vivre. Dans cette maison, les ouvriers sont payés 10 % de moins environ que dans les autres, sous prétexte de participation ; alors, pour leur tenir parole, ce patron, qui a retenu environ 180 fr. par an, à chacun de ses ouvriers, leur a donné, en guise de participation pour cette année, une somme de 20 fr.

Maison THIBOUVILLE, de Paris.— Cette maison n'a pas, comme Couesnon, d'usine en province, mais elle a aussi son genre d'exploitation bien digne d'un capitaliste sans cœur, elle occupe des femme dans une industrie aussi insalubre que la nôtre.

Si nous admettons que la femme est l'égale de l'homme, il est des industries où l'on ne devrait jamais les occuper, et celle-ci en est une. Si au moins ce patron les payait au même prix que les hommes ; mais il leur donne la journée dérisoire de 1 fr. 50 c. à 2 fr. 50 c. au maximum, pour remplacer des ouvriers qui autrefois gagnaient 7 à 8 fr. par jour.

Il faut que la misère de ces pauvres malheureuses soit bien grande pour accepter de pareils sacrifices, et que l'ambition de ce capitaliste soit poussée au plus haut degré pour oser offrir un salaire aussi minime à ses semblables faites de chair et d'os, comme lui. Mais quelle que soit sa féroce cupidité, des temps rapprochés, sans doute, viendront y mettre un terme.

Maison SUDRE, de Paris. — Cette maison a également une fabrique en province et suit les traces de Couesnon.

Deux maisons font également la spécialité des jeux. Les maisons ANQUETIL et GARDETTE. Les ayant visitées, je puis affirmer que le travail y est très bien fait.

Les vitrines à l'Exposition.

FONTAINE-BESSON. — Cette vitrine est très belle, on pourrait même dire trop belle. Tous les instruments exposés sont gravés, guillochés, dorés, etc. Il y a même un cornet à pistons sur le pavillon duquel est incrustée une couronne de diamants ; à part cela, ces instruments sont d'une belle facture, les jeux sont excessivement bien faits, rondeur de coudes, beaux cintres, belle division des chemises, ce qui donne aux pistons (pompes) une belle garniture. En somme, travail parfait.

Maison Courtois, Mille successeur. — Dans cette vitrine, ma vue est attirée par le cornet modèle Courtois bien connu, car je crois que tous les facteurs le possèdent ; les pistons de ce cornet ne sont pas à perce pleine, les coulisses et coudes ou branches sont montés à pointe. Ce modèle n'a jamais varié depuis que la maison existe.

Je remarque une série d'instruments en forme de huit, dénommés antoniophones, puis une série d'instruments à échos, depuis le cornet jusqu'à la basse ; tous ces instruments sont d'une facture parfaite, les jeux et pistons très soignés.

Maison Millereau. — Dans cette vitrine, les divers types d'instruments me paraissent bien facturés, particulièrement les basses et contrebasses ; malheureusement, il n'en est pas de même des jeux et des pistons ; en visitant l'intérieur, je remarque des coquilles plissées, la perce intérieure mal dégagée ; les pistons non chariotés et peu rodés sont rayés. Pourtant, en soignant ses pistons (ou pompes), ainsi que la division, cette maison serait dans une bonne voie.

L'Association. — Rien de remarquable dans cette vitrine. Le travail ne me paraît pas très bien fini. A mon avis, dans une maison où tous les ouvriers sont associés, il ne peut y être fait qu'un travail sans reproche, et n'en doit sortir que dans cette condition.

Maison Lecomte, sa vitrine. — Après quelques instants de pourparlers avec le directeur de cette maison, il se décide à ouvrir sa vitrine. Comme travail extérieur, c'est parfait ; mais ayant pu enfin tenir un seul instrument entre les mains, je remarque que les pistons sont coquillés sans intérieur, ce qui ne se fait nulle part, car on voit autour des trous un filet noir d'un mauvais effet ; sur ce, M. le directeur me fit remarquer qu'il était inutile de visiter le travail, que la maison ne concourait pas, et qu'elle a été décorée, etc., etc. A mon avis, cela ne prouve absolument rien ; car je connais des maisons dont le travail est parfait, lesquelles n'ont jamais été décorées.

Je signalerai, dans cette vitrine, un basson en métal, le premier, je crois, qui existe ; cet instrument est complimenté par le jury. On m'a également montré un système de timbale sans fût.

Maison Couesnon. — Ce monsieur a cru inutile de se déranger pour ouvrir sa vitrine, je ne l'ai donc vue qu'extérieurement.

Votre fabrication, Monsieur, est trop connue des artistes et des ouvriers ; aucun de vos collègues n'ignore que les instruments exposés par vous ont été faits pour la circonstance. Ce n'est pas positivement par pédantisme que M. Couesnon n'a pas ouvert sa vitrine, mais parce qu'il sait, que, comme l'auraient fait les délégués de Paris, j'eusse visité l'intérieur de ces instruments et découvert la *ficelle*.

Je termine en disant à M. Couesnon : Pour un bourgeois, vous n'êtes pas poli. On dit que vous allez être décoré pour vos instruments de bois, flûtes, etc. Nos délégués de Paris supplient les Conseillers municipaux, d'après les services que vous avez rendus à la société en occupant des ouvriers au rabais, de faire tous leurs efforts pour vous faire obtenir ce cher petit ruban ; nous nous joignons à eux dans le même but.

Maison Thibouville, de Paris.—Les instruments exposés dans cette vitrine sont moins bien faits que chez les facteurs qui précèdent.

Maison Sudre, de Paris. — Cette vitrine possédait deux pavillons gigantesques, même ridicules, lesquels doivent avoir été tournés sur un mandrin en bois façonné à coups de hache. Je signalerai un cor d'un tel poids, que j'ai cru qu'il était plein de plomb. Un cornet à double colonne d'air me paraît assez bien fait. Tout le reste est mal conditionné.

Maison Cousin, de Lyon. — Cette vitrine n'étant pas ouverte, il m'a été impossible de rien visiter, et par conséquent de rien apprécier.

Deux maisons étrangères, l'une belge, l'autre d'Autriche-Hongrie, ont chacune une belle vitrine, dans lesquelles sont exposés des instruments à cylindres et des saxophones, mais pas d'instruments à pistons.

CONCLUSIONS

Il ressort de mon appréciation que l'exposition d'économie sociale a peut-être sa valeur en tant que philanthropie, mais que sa mise en pratique au point de vue social, n'est qu'une nouvelle forme d'exploitation. On peut affirmer le fait, car pousser l'ouvrier à produire outre mesure par l'attraction de l'intérêt est, pour le ou les capitalistes organisateurs de la participation, la poule aux œufs d'or ; la preuve se fait d'elle-même. Où sont les millions ? Où est la croûte de pain ?

D'ailleurs, deux ou trois maisons seulement donnent une participation raisonnable ayant pourtant le même défaut, c'est-à-dire donnent la participation proportionnellement au salaire. J'estime que si le salaire est le prix de l'intelligence, de la capacité et de l'ancienneté, il ne doit pas en être de même des bénéfices, qui doivent être partagés à parts égales ; c'est-à-dire que le simple ouvrier a contribué pour une part égale dans les bénéfices au même degré que le premier employé. Mais avant tout, le prolétariat doit s'affranchir de toute tutelle. La maxime de Malthus : « *Au banquet de la société actuelle, il n'y a pas de place pour les pauvres* », ne doit pas être éternelle.

Les réclamations des salariés ont pour elles la justice et la raison. Il faut donc que la production et la consommation reprennent leur équilibre ; que les heures de travail soit fixées au strict minimum, et que le salaire ne soit plus une aumône donnée au gré de l'employeur.

Que l'exploitation de la femme cesse ; si le législateur affirme que l'éducation se fait par la femme, mère dans la famille, on se demande comment elle peut la donner étant rivée à la chaîne du salariat.

Nous demandons aussi que l'enfance soit mieux protégée en ce qui concerne le travail ; que l'inspection des usines où ils sont employés soit faite par une Commission ouvrière, sous le contrôle des organisations syndicales ouvrières. En un mot, que lorsque le prolétariat tient ses assises du travail, après avoir pris des résolutions, il en soit tenu compte, et qu'elles soient appliquées en ce qu'elles ont de compatible avec l'ordre social.

Nous désirons, en outre, que les travailleurs soient bien convaincus que livrés à eux-mêmes, ils sont sans force ; que la liberté dans l'abandon, c'est la mort de toute initiative. Qu'ils se groupent donc, ils ont pour eux la justice et la force qu'impliquent le devoir et le droit.

Lyon, le 25 septembre 1889.

Le Delégué :

M. Valat,

Lyon, Association typographique, rue de la Barre, 12.